VIA ORAL

Ednilson Toledo

VIA ORAL

Copyright © 2022 Ednilson Toledo
Via oral © Editora Reformatório

Editor:
Marcelo Nocelli

Revisão:
Natália Souza

Design, editoração eletrônica e capa:
Karina Tenório

Dados Internacionais de Catalogação na Publicação (CIP)
Bibliotecária Juliana Farias Motta CRB7/5880

Toledo, Ednilson
    Via oral / Ednilson Toledo. –. São Paulo: Reformatório, 2022.
    100 p.: il.; 14x21 cm.

    ISBN: 978-65-88091-66-1

    1. Contos brasileiros. I. Título.
T649v   CDD B869.3

Índice para catálogo sistemático:
1. Literatura brasileira

Todos os direitos desta edição reservados à:

EDITORA REFORMATÓRIO
www.reformatorio.com.br

Para Eliane Luísa Lopes,
minha sanidade

Todas as pessoas vivas têm dupla cidadania, uma no reino da saúde e outra no reino da doença. Embora todos prefiramos usar somente o bom passaporte, mais cedo ou mais tarde cada um de nós será obrigado, pelo menos por um curto período, a identificar-se como cidadão do outro país.

SUSAN SONTAG, A Doença como metáfora (1978)

SUMÁRIO

Via oral, *11*

Mar aberto, *17*

Um arcano maior, *23*

Impostor, *27*

As curvas das vogais, *31*

A acompanhante, *35*

Criança morta, *41*

Acordo matinal, *45*

O centauro, *49*

Delírio de fregoli, *53*

Notas de prontuário, *57*

O teatro da mente, *65*

Autoimagem, *67*

Causa mortis, *69*

Quinze, *73*

Visita inesperada, *77*

Boa noite, *83*

A face de cristo, *85*

Diógenes, *89*

A percepção de si, *93*

Receituário de agradecimentos, 97

VIA ORAL

APRESENTAÇÃO:

Administrar por VIA ORAL — USO ADULTO.

A capa deste produto possui lacre inviolável. Não abrir sem a devida precaução. Manter ao abrigo da luz. Conservar em temperatura ambiente. Armazenar em local protegido de umidade, ácaros e, principalmente, fogo, traças e cupins.

Produto sem prazo de validade.

INDICAÇÕES:

Este produto é indicado para indivíduos que se julguem sãos. E pode ser recomendado para todo tipo de paciente, sem restrições e distinções.

CONTRAINDICAÇÕES:

O uso deste produto não tem contraindicação, porém não é recomendado à indivíduos com histórico de reações alérgicas ou hipersensibilidade a fabulações.

COMO ATUA:

A ação de uso via oral tem início imediato e se estende por horas, às vezes, por dias e, em casos específicos, por anos.

Este produto possui efeito antidepressivo, gerando um alívio temporário dos sintomas associados às situações de estresse emocional ou físico. É um estimulante do sistema nervoso, que produz estado de alerta mental, ampliando a capacidade cognitiva. É utilizado também para facilitar os processos de consciência empática (permitindo ao paciente se colocar em situações atípicas, em vidas desconhecidas e corpos fictícios).

POSOLOGIA:

Como regra geral, a dose mínima recomendada é a de um conto por dia. No entanto, deve-se ressaltar que cabe ao paciente analisar de modo individual o seu caso, adaptando a melhor dosagem e a duração de tempo de tratamento de acordo com as suas condições gerais.

Este produto pode ser administrado a qualquer hora do dia, inclusive junto às refeições, uma vez que não foi observada qualquer diminuição significante no efeito quando administrado junto à alimentação. Recomenda-se a utilização concomitante a uma taça de vinho ou de café puro (sem qualquer tipo de adoçante ou açúcar); porém, em alguns casos, o álcool e a cafeína podem desencadear doenças psiquiátricas de base e aumentar a frequência e a gravidade de efeitos adversos.

Caso apareçam sinais de dependência, a dosagem mínima pode ser aumentada para mais de um conto diário. Sugere-se apenas, não ultrapassar o número máximo de cinquenta páginas diárias.

SUPERDOSAGEM:

Os eventos adversos observados com doses superiores àquelas recomendadas podem estar diretamente relacionados ao maior interesse do paciente em relação ao produto.

A superdosagem pode ocasionar perda da consciência da realidade. O paciente pode ter delírios, devaneios e alucinações. Criar imagens ficcionais. Imaginar novos mundos, novas realidades. Ainda, alguns efeitos cardiovasculares como: arritmia cardíaca, palpitações, taquicardia ventricular (batimentos cardíacos rápidos ou irregulares), a respiração pode ficar interrompida por um breve tempo, tremores; ou mesmo, sentir a vontade de ajudar algum personagem. Muitos desses sintomas podem ocorrer normalmente, por isso não suspenda a utilização do produto; todos esses efeitos fazem parte do tratamento.

USO NA GRAVIDEZ:

Por não haver evidências de efeito teratogênico (dano ao feto), este medicamento pode ser administrado durante a gravidez e lactação. Inclusive, pode ser administrado em voz alta para que o feto (ou o recém-nascido) possa também se beneficiar com o tratamento.

CAPACIDADE MOTORA:

É recomendável que os pacientes, durante o tratamento, evitem dirigir carro, moto, avião, trem, metrô, locomotiva, bicicleta, patinete motorizado ou outros veículos, assim como operar máquinas perigosas, pois durante a utilização do produto essas capacidades podem ser prejudicadas.

SENSIBILIDADE CRUZADA:

Não existem relatos de reação cruzada na administração deste produto com outros de estrutura similar. Pelo contrário, é recomendável que, durante o tratamento, os pacientes utilizem produtos semelhantes, que podem ser administrados de forma concomitante a este, sem perda do efeito esperado.

REAÇÕES ADVERSAS E EFEITOS COLATERAIS:

Este produto é bem tolerado, apresentando baixa incidência de reações adversas. Em casos específicos pode causar efeitos neurológicos como: aumento da vigília, dificuldade em adormecer, amnésia e parestesia (formigamento). Caso seja administrado após um longo período de trabalho, este produto pode desencadear alguns quadros reativos como: confusão, sonolência, visão borrada e fadiga. O uso prolongado do produto ocasiona dependência e sua descontinuação, pode causar a síndrome de abstinência.

Durante o tratamento, o paciente pode sentir o batimento irregular do coração, palpitações, músculos rígidos, respiração rápida. Eventualmente pode ocorrer aumento do risco de excitação cardiovascular e cerebral associados à alta concentração na leitura dos contos que compõem o produto.

IMPORTANTE: relatos comprovam que este produto pode causar síndrome hipocondríaca.

LEIA SEM MODERAÇÃO.

MAR ABERTO

Entre um pega-pega e pique-esconde nos primeiros anos do colégio, Marvin sentia um cheiro azedo que inundava as narinas e embrulhava o estômago. Logo percebeu que brotava do seu corpo um odor forte. Os colegas também suavam, mas não era do mesmo jeito. Dona Madalena levou o filho a vários médicos da cidade, que pediram todos os exames possíveis. Nada de errado foi diagnosticado. Diziam não haver motivos para os vômitos, que se tornavam cada vez mais frequentes. Preocupada, a mãe mandou chamar um velho benzedeiro de nome Batista, indicação de uma tia. O velho levantou os braços pelancudos sobre o menino, cruzou e descruzou quando desceram, enquanto rezava uma prece sussurrada. As mãos jorravam algo invisível no corpinho de olhos fechados. No fim, o médium olhou para a mãe e disse que o garoto sofreria muita humilhação na vida, e aconselhou um tratamento no centro espírita do morro alto.

VIA ORAL 17

Durante dois meses, mãe e filho foram juntos ao centro que ficava do outro lado da cidade. Marvin obedecia às ordens e depois das primeiras semanas já não fechava os olhos para tomar o passe. Em casa, repetia os gestos no cachorro vira-lata da família, dizendo tirar as impurezas do espírito canino. O tratamento não surtiu efeito. A mãe perdeu a crença. E os vômitos só cessaram quando Marvin se acostumou com o próprio cheiro.

Boca-de-fossa, peixe-morto, peixe-podre, baiacu, bacalhau, bagre, robalo, dourado, linguado, tucunaré, tambaqui, lambari, tilápia, traíra, tainha, sardinha e uma variedade de peixes de água doce e salgada; os colegas da escola pesquisavam na cartilha de ciências novos nomes que se tornariam apelidos. Com o tempo, os insultos e as chacotas só aumentaram. No primeiro beijo, na garota de óculos grandes, ele suou tanto de molhar as mãos e escorrer da testa. A fedentina se espalhou fazendo ela vomitar café e almoço em cima dele. Lembrou a infância.

De tanto escovar os dentes, as gengivas já estavam retraídas e feridas. Tomava mais de três banhos por dia. Tinha a pele avermelhada da esfregação do desinfetante no corpo. Quando saía de casa, exagerava no perfume barato. Começou a evitar o contato com parentes, até mesmo com a mãe.

Fugiu. Pegou o dinheiro de cuidar dos carros na rua da igreja. Juntou três camisetas verdes preferidas, calça, bermuda e cuecas na mochila rasgada. Embarcou às dez no ônibus em direção a uma cidade litorânea. Um dia de viagem. Dormiu na beira da praia, duas semanas, até o corpo ganhar cor e gosto de litoral. Observava o trabalho dos pescadores, até que um dia se aproximou de um dos mais velhos, que já não tinha tanta destreza nos movimentos, e pediu: posso ajudar na limpeza dos peixes, do barco, da casa, o que tiver pra fazer. De onde você vem, garoto? Venho da rua mesmo. E sabe fazer o serviço? Aprendo rápido, de primeira. O jovem não mentiu, logo se tornou requisitado e disputado entre os trabalhadores do mar. Dormia nos barcos, comia com os pescadores. Tinha a liberdade de andar de cabeça erguida, porque ali ninguém reclamava da catinga. Todos tinham o mesmo cheiro forte, salino e azedo.

Passou a ter sonhos seguidos com uma mulher de cabelos pretos de noite-sem-lua e roupa branca de quebra de onda, com detalhes de um azul céu-sem-nuvem. É Iemanjá, disseram os outros, e mostraram suas imagens guardadas dobradas nas carteiras. Marvin virou devoto. Sentia saudade e rezava para a rainha do mar proteger a velha mãe. Não iria mais voltar. Que ela entendesse e o perdoasse.

Comprou seu próprio barco velho. Consertou o motor, lixou o casco, pintou. Levantou o mastro e deu o nome favorito: Madalena. Virou pescador-peixeiro. Vendia a própria pesca no mercado da orla. Dormia no barco, sob a luz da lua. Vivia a vida tranquila do levar e voltar das ondas. Certo dia, desafogou uma moça que se debatia na maré alta. E ela voltou para agradecer, dia depois. E no outro depois. E depois. Ela se apaixonou pelo seu jeito e seus medos. Suportava o cheiro. Dizia que ele tinha hálito de maresia, mas evitava os beijos mais longos. Tomava banhos quentes demorados depois do sexo. E passou a dizer que queria ser mãe, crescer barriga, ter enjoo e desejo. Parir um menino, dar o peito, ver andar, correr, brincar, chorar. Marvin não queria nada disso, tinha medo de passar ao herdeiro a herança de uma vida fedida e sofrida. Mandou a mulher embora, para nunca mais voltar.

Num dos sonhos, viu uma camada de pele nascendo entre os dedos, os pés se transformavam em nadadeiras. Despertou suando, no meio da madrugada fria, e aquilo nunca mais saiu de sua cabeça. Com o tempo, passou a ter pena do pescar, do matar peixe, do cortar peixe morto por ele e de limpar, separar espinhas e intestino, arrancar as tripas. Vendeu o barco e largou o trabalho. Não passou fome porque os amigos davam de comer. Tentou outra profissão, mas a fedentina impedia e ele dizia que era por causa dos anos de pescador, muito tempo peixeiro. Os patrões torciam a testa, o nariz e mandavam embora, não aguentavam. Era um peso para a comunidade: pescador que não pesca, peixeiro que não mata peixe. Passava o dia nadando, mergulhava para dançar com os cardumes. Quando não estava no mar, seus ouvidos só escutavam o rebentar das ondas. Constante. Sereno.

Numa manhã de verão, o sol nascia no horizonte, Marvin descalçou os chinelos, tirou a bermuda, sua única vestimenta, e afundou os joelhos na areia. Ergueu o rosto em direção ao céu, pediu perdão e proteção para mãe. Se levantou, caminhou lento em direção ao oceano. Braços abertos, elevados, cabeça ainda erguida na benção de Iemanjá, sentia a água resfriando o corpo. Quando o nível alcançou a cintura, curvou o corpo num mergulho fundo. Surgiu o dorso e os braços que se sucederam em um aparecer e desaparecer sincronizados. Nadou rápido, nadou forte, até alcançar mar aberto.

UM ARCANO MAIOR

A voz do outro lado da linha diz que a cartomante pode me atender ainda hoje cedo. Anoto o endereço que fica no centro da cidade. Nunca acreditei nessas coisas, mas a Flavinha insistiu tanto. Invento uma doença ao chefe, não faço falta mesmo. Passo o café rascunhando na mente o pesadelo que vem me tirando o sono. Um rio revolto, corro ao longo de uma das margens acompanhando um corpo boiando na correnteza, dorso e nádegas brancas expostos, não sei se homem ou mulher. Um incêndio consome a mata ao redor. O tempo todo, a espreita, um leão. Sem desfecho, acordo sempre com uma dor que sobe da panturrilha à virilha. Penso em varizes inchadas, inflamadas, em ciático, artrite ou trombose, que chega ao peito. Penso em infarto. Agendei médico, mas só daqui a três meses.

Li tudo sobre sonhos: Freud, Jung, Sidarta e *sites* que sugerem combinações numéricas pro jogo. Apostei no grupo do leão: sessenta e um, dois, três, quatro, a perder de vezes. Joguei milhar, dezena, centena. Cerquei. Inverti. Cem conto no terno seco. Nunca deu. Li que nem sempre os animais sonhados correspondem aos números jogados. É necessário fazer algumas combinações. O leão combina com veado. Joguei grupo: noventa e três, quatro, cinco e seis. Apostei passe-virado, molhado, duplo, duque. Nada. Nunca ganhei. Mas viciei.

O metrô lotado e eu já sabia. Vagões abarrotados, filas, empurra-empurra, xingamentos, cotoveladas. Deixo passar quatro trens, embarco no quinto, que tem um espaço estreito ao lado da porta. Entre corpos amassados, vejo um leão tatuado em um braço que se apoia ao ferro no teto. Um sinal, vai dar merda. As portas fecham e vem a sequência que eu já conheço: o suador nas mãos, os tremores, calafrios. Puxo o ar que não vem inteiro pra encher os pulmões. Meu nariz escorre. Inspiro fundo mais uma vez e um forte odor de cigarro barato invade as narinas. Vem do corpo apoiado à porta. Meu braço roça o dele. Tampo o nariz sem disfarce. O trem chega à plataforma e muitos descem. O vagão fica mais vazio, isso me acalma. Busco o braço tatuado, mas não encontro. Desço duas estações depois, com a tatuagem na cabeça e um receio por dentro.

Saio da estação, visto os óculos escuros, menos pelo sol. Chego no endereço que é próximo, toco a campainha. Uma jovem abre. Entro. Ela pede que eu aguarde. É a mesma voz que me atendeu no telefone mais cedo. Sinto três odores fortes, bem marcados: cera, flores e mofo. Uma combinação que me lembra velório. Carpete escuro, cortinas vermelhas e velas acesas. A jovem transpassa a cortina de búzios presa ao batente. Tilinta. Vejo um cinzeiro e penso que pode fumar. Acendo o cigarro numa vela quase morta. O vento balança cortinas e chamas. A jovem volta, me sorri e cobra a consulta: cento e cinquenta reais no dinheiro. Não diz nada sobre o cigarro, e sai. Puxo um trago prolongado e o tabaco queima rápido. Antes de acabar, acendo outro usando o que está no fim. Na segunda tragada, outra voz chama meu nome. Atravesso a cortina e entro num cômodo maior. No centro do espaço à meia-luz, uma mesa de toalha branca e uma mulher de turbante, brincos de argola e pulseiras prateadas. Flavinha dizia que elas descobrem nossos segredos pelos olhos, e os dessa não são fundos, nem expressivos, de cílios longos. Existe uma semelhança de timbre com a voz da jovem. Imagino mãe e filha. Suo nas costas e testa, sinto as mãos geladas. Você parece com medo. Não se preocupe, não vai acontecer nada de ruim, ela diz enquanto escorre a mão de dois anéis de pedras até o baralho em cima da mesa. Dispõe oito grandes cartas enfileiradas. Escolha. Aponto a terceira da esquerda pra direita. Gira a carta: uma mulher loira de auréola e vestido branco segura a boca aberta de um leão. A força. Ela explica: um arcano maior. Significa coragem, controle, equilíbrio, segurança, o domínio das paixões. Ela deixa virada essa carta e embaralha as outras. Tilintam as pulseiras e os anéis amassam as bordas do baralho. Meus dentes beliscam o lábio inferior, é a vontade de fumar. Lembro do cigarro que deixei aceso no cinzeiro da sala. Penso em buscá-lo. Desisto. Pergunto sobre o significado do leão, quando um flash ilumina o cômodo e os olhos da cartomante. Na sala as cortinas viram labaredas. E a jovem entra gritando desesperada. Corro até a porta, abro e um sopro quente me projeta pra fora, caio na calçada. Vejo dois corpos abraçados em meio à fumaça, mãe e filha fogem. Fujo também.

O fogo se alastra rápido. Algumas pessoas correm, outras gritam. Caminho até o bar da esquina e peço um copo d'água, que bebo num só gole. Segurando o copo vazio, minha mão treme. Vejo uma banca de bicho no boteco do outro lado. Atravesso a rua em meio aos carros parados. Uma sirene ao fundo. Confiro o resultado das onze: 3063. Deu leão. Mas dessa vez eu não joguei.

IMPOSTOR

Ela vira de lado na cama e bate com a mão no dorso de alguém. Abre os olhos, torce o pescoço e vê o corpo metade coberto pelo lençol. Procura o rosto. É um homem, um homem de barriga para cima dormindo um sono pesado. Não reconhece. Não se lembra. Pode ser um sonho. Sim, um pesadelo. Esfrega os olhos. Descobre o lençol, o homem está com o short e as meias do marido. Ele ronca um grunhido conhecido, vindo da garganta aberta flácida e a língua dificultando a passagem do ar. Alguém se passando pelo marido. Corre os olhos no teto e paredes brancas, reconhece as cortinas sujas empoeiradas, a luz do sol transpassa o pano fino. Sente a testa suar, avermelhar as bochechas ao se ver de camisola preta transparente ao lado de um estranho-impostor. Levanta a cabeça, ergue o tronco, segura forte o travesseiro, dos dedos afundarem a fronha na espuma. Aproxima daquele rosto, tentando abafar o hálito quente vindo do ronco. Quer acordá-lo, mas teme o que pode acontecer. Repara no braço forte, não terá forças para vencê-lo num embate. Volta o travesseiro junto à cabeceira da cama. Move quadril e pernas para se levantar, pisa devagar no taco frio. Levanta, se desequilibra e apoia a mão na parede; apruma-se. Olha de volta, ele que ainda dorme; agora, todo descoberto, pés para fora da cama curta para o seu tamanho. Ela abre o armário com a lentidão de quem sente dores musculares, pega o roupão atoalhado que ganhou do marido quando tudo ainda era juras, presentes, declarações. Amarra a cinta, ajeita o decote, fechando até o pescoço e prendendo com um alfinete. Sai do quarto, percorre o corredor, estalam os joelhos rompendo o silêncio. Alonga o tempo e os passos do quarto até a cozinha para quem caminha sem os calcanhares.

Na cozinha, abre devagar a gaveta para não fazer barulho. No instante seguinte, o tilintar dos talheres que se debatem quando ela puxa pelo cabo de madeira a faca grande de cortar peixe, frango, costela de porco. Deixa a gaveta aberta, que quando fecha faz mais barulho. Volta para o quarto na ponta dos pés. Ele já não ronca, o corpo longo imóvel na cama. Ela aproxima a lâmina afiada rente à garganta e sente o calor que vem das narinas peludas. Percebe as semelhanças enganosas: barba, bigode, pés de galinha. Bate uma tremedeira na mão que segura a faca.

Antevê o vermelho-vivo de um morto manchando lençol, colchão e paredes, toda a sujeira, os gritos agonizantes. Recua. Dá a volta na cama, sem se importar com estalos e barulhos corporais. Deita a faca na mesa de cabeceira, ao lado do abajur amarelo. Empurra o ombro esquerdo dele com a palma da mão direita aberta. Nada. Outro empurrão, mesma palma com mais força. O corpo chacoalha. Ele, meio acorda meio dorme, ergue o braço e tapa a luz nos olhos. Vira o rosto. Diz um oi igual ao oi do marido. Como você entrou na minha casa? Fala logo ou vou chamar a polícia. Ele ri. Que isso mulher, tá louca? Ela busca a faca com a mão direita. Ele levanta e vai ao banheiro. Ela pega a faca, esconde debaixo do travesseiro. Ele mija um jato forte, feito marido que todas as manhãs levanta da cama e vai direto mijar. Dá descarga sem abaixar a tampa e volta sem lavar as mãos, feito marido que age como marido em todas as manhãs. Se aproxima, apoia as mãos sujas na cama, afundando as molas. O corpo dela mais próximo com o balanço do colchão. Ele arqueia o tronco, cola o rosto, solta o bafo. Beija a boca, que o beija. Carinhoso. Cúmplice. Companheiro.

AS CURVAS DAS VOGAIS

Ainda sonolento, o menino percorre os cômodos da casa, chama e ninguém responde. Encontra um envelope em cima da cama da mãe e o guarda-roupas de portas escancaradas, onde os cabides balançam com o vento que entra pela janela aberta. Ele aperta forte o papel canson marrom, contraindo o ombro em puxões rápidos e irregulares, amassando o envelope que prende debaixo do braço. Sai de bermuda, camiseta regata e chinelo de dedo, maior que os pés. Corre e às vezes enroscam. Tropeça e não cai.

Chega à padaria, pede ao seu Nicanor: lê o que tá escrito pra mim. Estende o braço que contrai. Estende de novo. E de novo. O padeiro diz que não tem tempo para ajudar no dever da escola. Não é dever. Não. Não é da escola. Pior ainda, sai daqui garoto, que atrapalha o trabalho. Vai pra casa que sua mãe deve tá preocupada. E presenteia um achocolatado ao menino, que pega e sai.

VIA ORAL 31

Senta na quina da calçada suja. Coça a cabeça de cabelos crespos. As unhas muito curtas e ele rói ainda mais. Pisca rápido, várias vezes. Torce o nariz, pisca de novo, entorta o pescoço. Segura a mão que, involuntária, solta um soco no ar. Com dificuldade, abre o envelope que guarda a carta de rabiscos indecifráveis para ele que sabe apenas as curvas das vogais de letra de mão. Não vai mais à escola, faz tempo. Desde o dia em que a diretora chamou a mãe. Disse: seu filho não é normal. Fica nisso de torce o pescoço, o rosto. Tosse. Se contorce. Funga. Puxa os ombros. Chuta. Mostra língua. Mexe os braços. Mexe a boca. Faz careta. Grita e começa a algazarra. De atrapalhar as aulas, dos alunos rirem de urinar nas calças, da professora não saber o que fazer, nem a diretora. E a mãe decidiu não mandá-lo mais para escola alguma. Nunca mais. Ele sente saudades do Matheus, o único que não ria, nem zombava dele.

A barriga dói. Enjoado de biscoito polvilho, bolacha e pão dormido. Não consegue furar o buraco de enfiar o canudinho. Depois de três tentativas, desiste. Pede à moça que passa: abre pra mim. Ela fura e devolve ao menino, que sorri e chupa quase tudo num chupe forte. No segundo, a caixinha já vazia.

Levanta. Trança as pernas no caminho estreito da guia pintada branca. Pequenos passos, o direito frente esquerdo. Direito. Esquerdo. Direito. Esquerdo. Bracinhos abertos. Feito asas levantadas. Nesse breve momento não tem tiques. Nenhum. O corpo pende, ora dum lado, ora doutro. O envelope agora dobrado, guardado no bolso da bermuda.

Pensa nos moleques da rua de cima. Os mais velhos sabem ler. Os que empinam pipa com cortante. Os que mijam nos muros. Que batem nos outros. Os que dão cascudos. Que zombam dos seus tiques. E que xingam. Burro. Abobado. Retardado. Tonto. Idiota. Que enchem os bolsos de balas do bar da esquina. Do velho que não aguenta correr. E que separam e lhe dão as de laranja, suas preferidas.

Sobe a rua, que se diz que sobe por dizer, porque não é morro. E o sino da igreja alerta o menino, três toques. Lembra então do padre amigo da sua mãe, que lê o livro grosso na missa dos dias de roupa limpa, sapato e banho. Ele que já não se importava quando vinham os tiques e berros no meio do sermão, mas que os outros olhavam, falavam e apontavam. E a mãe levantava e saia pela porta do lado, levando o filho na mão e o vermelho no rosto.

Corre. Tropeça e não para de correr. E tropeça de novo. Sobe a escadaria, encontra o padre à porta da igreja. Pede: lê o que tá escrito pra mim. Estica o braço que encolhe. Estica de novo. O padre sorri e pega o envelope. Desamassa e tira a carta. Corre os olhos. Que tá escrito? Muda a cara. Cerra os lábios. Franze a testa e junta as sobrancelhas grossas.

Onde você encontrou isso, menino? Cadê a sua mãe?

A ACOMPANHANTE

Camila chegou dopada, pulsos enfaixados, manchas escuras no meio dos curativos. Cabelos lisos jogados no rosto, divididos e malcuidados. Ocupou a última cama no quarto de três leitos. Eu acompanhava minha vó, internada há cinco dias, quando parou de se alimentar. Oitenta e sete anos, o Alzheimer em estágio avançado, não reconhecia filha, nem neta, nem a si mesma. Eu revezava com minha mãe: ela de manhã, eu de madrugada. Camila entrou no quarto numa cadeira de rodas empurrada pelo enfermeiro, minutos antes da minha saída. Nesse mesmo dia, durante a tarde, a outra paciente, uma velha moribunda que não abria a boca nem pra tomar água, morreu.

* * *

De noite, quando entrei no quarto reparei a falta da velha. A enfermeira que trocava o soro injetado na minha vó comentou que nenhum parente tinha aparecido

VIA ORAL 35

pra resolver a burocracia hospitalar e fazer a transferência do corpo pra uma funerária, que ela seria enterrada como indigente. Tive pena. Camila estava deitada de olhos fechados, os cabelos cobriam o rosto. Assim que a enfermeira saiu do quarto, ela pediu ajuda pra se levantar. Apoiou os braços na cama, pude ver os curativos trocados, ajudei pra que descesse do leito. Calçou os chinelos e andou arrastando os pés, empurrando o suporte com o soro pendurado. A camisola aberta me deixava ver suas nádegas magras, pernas finas e costelas salientes por baixo da fina camada de pele. Magérrima. Camila entrou, fechei a porta e fiquei segurando a maçaneta. Lá dentro, gemidos estranhos. Tudo bem aí? Não respondeu, disfarcei. Peguei o celular pra me distrair, conferir as mensagens. A porta se abriu e ela saiu com os cabelos ainda na face, ocultando os olhos castanhos claros, mas disso só vou saber depois. Voltou pra cama. Entrou um enfermeiro dizendo que teria que trocar a medicação, substituir a bolsa de soro que estava pela metade. Perguntou se ela estava bem e saiu. Camila adormeceu rápido. Voltei às mensagens no celular, Roberto reclamava que eu não tinha mais tempo, que agora era só hospital, trabalho e dormir. Que eu não pensava mais nele, em nós. Tinha uma lógica nisso tudo que ele não via, ou fazia que não via. Eu não queria que fosse assim. Não respondi, desliguei o aparelho e aguardei algumas horas até que minha mãe chegasse para me substituir. Precisava descansar.

* * *

Minha vó na mesma: não falava, não ouvia, não nada. É nesse dia que ela morre, mas não agora. Agora, Camila estava acordada, animada, iluminada. Os cabelos penteados repartidos deixavam ver um rosto fino, lábios grossos, é quando percebo a cor dos olhos. Disse que dormiu a tarde toda e que não tinha sono. Regulávamos a idade e nos reconhecemos em muitas outras coisas. Escondeu o sorriso em dois momentos apenas: quando elogiei sua magreza e quando perguntei dos pulsos enfaixados. Desconversou e percebi minha indiscrição. Ela nunca aceitava a refeição do hospital. As enfermeiras insistiam e ela dizia que aquela comida lhe dava náuseas. Ajudei a ir ao banheiro cinco vezes. Demorava, enjoava e vomitava. O sol já marcava o dia quando minha mãe chegou. Nos despedimos. A madrugada mais rápida de todas.

Naquela tarde, o telefone tocou às treze e trinta. Veio a notícia e eu já pressentia. Enterramos a vó na manhã seguinte. Roberto veio, disse que sentia muito; eu disse que acabou, que não dava mais. Ele chorava, eu fingia não me importar. Durante o velório, não consegui parar de pensar em Camila sozinha naquele quarto frio. De noite, voltei ao hospital, me anunciei na recepção: companhia de Camila. Sobrenome? Não sei. Você é da família? Não, sou amiga. Então, só na visita. Volta amanhã.

* * *

Voltei. Trinta minutos de visita, disse o segurança que eu já conhecia. Entrei no quarto, Camila dormia e os pulsos agora amarrados às grades de proteção da cama. Olheiras fundas. Fiz um tridente com os dedos, penteei os cabelos arrumando atrás das orelhas. Aproveitei e segui as linhas dos lábios com a ponta do dedo indicador. Ela imóvel o tempo todo, trinta minutos. Chamei o seu nome, cutuquei os braços. Nada. Sedada. Falei à enfermeira sobre as amarras. Ela explicou que foram necessárias, que ela arrancou o cateter. Se debatia. Batia. Mordia. Por isso a medicação forte. Peguei o prontuário que estava no encosto da cama, busquei o sobrenome dela: Augustino.

Encontrei fácil o perfil nas redes sociais. Influenciadora digital. Muitos seguidores, inúmeras curtidas, comentários: linda, querida, maravilhosa, arrasa, deusa, magnífica. Corações coloridos. Foto na praia, na cachoeira, na piscina. Foto de maiô, de biquíni. Sempre o sol e o corpo magríssimo, costelas à mostra. A última foto postada na noite anterior, quando o segurança impediu minha entrada. Ela sorria e fazia pose, estava em um jardim florido. Havia uma legenda: viva a vida.

No horário da noite, voltei e o segurança não fez perguntas. Camila acordada, ainda amarrada. Abriu um pequeno sorriso ao me ver, que logo escondeu ao dizer que sentia muito pela vó. Agradeci. Ela pediu que, por favor, eu voltasse mais tarde, que ficasse de madrugada, como eu fazia com a minha vó. Que dissesse que eu seria a sua acompanhante. Que era da família. Que levasse algumas roupas limpas, algumas das minhas. Que precisava de banho e de roupas que não fossem as dela. Entusiasmada com a ideia de ficarmos juntas, beijei sua bochecha pálida e fria. Saí antes dos trinta minutos. Tomei um banho quente demorado. Engoli um lanche rápido. Arrumei a mochila: calça, calcinha, sutiã e camisetas, peguei duas: preta e cinza. Voltei logo. Já era outro segurança, eu também conhecia. Sou acompanhante. Sobrenome Augustino. Sou prima. Ele nem ligou, mandou entrar. Camila me esperava com um sorriso nada contido. Quando a enfermeira de olhos cansados saiu, ela pediu que eu a desamarrasse. Me ajuda, preciso ir embora, fugir. Titubeei, mas desamarrei. Ela arrancou o cateter. Me abraçou forte, beijou meus lábios e eu não estranhei. No banheiro, a porta meio aberta, ela prendeu os cabelos num coque no alto da cabeça, ficou mais alta no corpo esquelético. Arqueada, vomitou a pia toda. Só líquido. Enfiou o dedo, saiu mais um pouco. Lavou o rosto, vestiu minhas roupas que ficaram mais largas do que eu imaginava, escolheu a camiseta preta. Disse que sairia pelos fundos, pularia algum muro. Pediu que eu esperasse alguns minutos, depois saísse. Que me esperaria lá fora. E saiu rápido. Lembro do corpo magro sumindo por trás da porta larga. Minhas pernas fraquejaram. Sentei na beira do leito. Esperei, o quarto estava ainda mais frio. Olhei onde minha vó passou os últimos dias. Vesti as alças da mochila e saí em silêncio. O segurança não me viu, nem ninguém. A madrugada era clara porque a lua era cheia. Percorri o quarteirão de ruas vazias. Algumas poucas janelas iluminadas. E só.

CRIANÇA MORTA

A obra é de mil novecentos e quarenta e quatro. Tem um metro e oitenta de altura por um metro e noventa de largura. Grande, mesmo assim queria tê-la em minha casa. Fiz alguns ensaios de como pegar, onde segurar, colocar as mãos com cuidado, sem machucar. Pensei em carregar nas costas, sou de levantar peso, mas não conseguiria. Ela é delicada. Seria muito perigoso, então contratei alguns comparsas. Quatro, mais um quinto de motorista; cada um com sua função. Eu já tinha planejado tudo, combinado com funcionários que facilitariam a entrada, desligariam os alarmes por uma hora, tempo suficiente. Paguei caro, muito caro. Dediquei toda minha vida nisso. Fiz empréstimo, economizava no que podia. Vivia do básico pra alcançar meu objetivo. Valia a pena. Foram anos planejando. Um sonho não se conquista em poucos dias e sem esforço.

Foi na escola, aula de artes. A velha professora de óculos na ponta do nariz ensinava sem nenhuma inspiração sobre o expressionismo. Os alunos compartilhavam a falta de entusiasmo. A sala quente e escura onde o projetor de *slides* funcionava propiciava o sono, interrompido pela troca das imagens. Trec, trec. Quando uma tela chamou minha atenção. Pedi que deixasse por mais tempo. Ela fazia parte de uma série de três, mas aquela me prendeu. Não sei dizer o porquê. Cores. Imagem. Tema. Voltei pra casa com a pintura na mente. Nunca mais se apagou. Passei a frequentar bibliotecas, estudar os pintores, técnicas. Me formei e me especializei em artes. Pintei quadros, retratos, painel, paisagens, aquarelas, óleo sobre tela, pastel sobre papel, nanquim. Nada alcançava aquela perfeição. E comecei a preparar tudo. Um crime perfeito.

Viajei à capital dois dias antes. Dirigi o caminhão baú sem dificuldade. Fiz parada em um bar de beira de estrada. Chegando, encontrei o pessoal. Trouxeram alguns equipamentos, eram do ramo de banco. Perguntaram se teria explosivos. Nada disso. Era um trabalho limpo. Passei as ordens, coordenadas, as estratégias. Paguei metade do serviço, o restante só depois de feito. Me hospedei próximo. Na véspera, troquei noite por dia. Estudei durante muito tempo o museu. Rastreei saídas de emergência, câmeras escondidas, rotas de fuga. Via e revia o plano.

No horário marcado de uma madrugada gelada de segunda, às cinco e quinze tem troca de turno no subsolo, dois vigias apenas. O caminhão estacionado na rotatória, o motor ligado, portas abertas esperando e o piloto pronto. Arrombamos o térreo com um macaco hidráulico; um simples pé de cabra abriu a porta do segundo andar. Entramos sem dificuldades. Fui na frente, os cúmplices aguardavam meu sinal. Eu queria colocar as mãos nela primeiro. Na escuridão, segui devagar entre peças de Anita Malfatti, Van Gogh, Picasso, até chegar ao que desejava. Liguei a lanterna pra confirmar. Passei o feixe de luz na tela e não me contive. Gritei. Acenderam a luz e a obra se mostrou em todo seu esplendor. Celestial. Vi o que meus olhos nunca viram antes e nem verão jamais.

Paralisei, em pé diante do quadro. Admirava cada ponto, cada traço. Em êxtase. A paleta de tons terrosos. Uma velatura: do azul ao marrom. Ocre, cinzento e frio. Sombrio. O primeiro e o segundo plano. A força das linhas. O contorno forte-escuro dos corpos. Pinceladas grossas, marcadas. Textura lisa, espessa. Efeitos de espátula. Carga dramática, a deformação expressiva. As cores vibravam, um jogo de luz e sombras. Cenário desértico. Profunda emoção. O tratamento pictórico dos corpos, curvados, resignados. Feitos de pedra. Terra seca. Figuras cadavéricas. Ossos expostos. Musculaturas acinzentadas. Corpos sem pele, raquíticos. Putrefatos. Faces sem rostos, sem olhos. Choram lágrimas de pedra. Pessoas áridas. Senti a areia entre os dedos. Minhas pernas tremiam. Fracas, ajoelhei. Não ouvia mais nada-ninguém ao redor.

Perdi o tempo. Em transe. Só via no centro a mulher sentada num caixote, o tronco inclinado pra baixo, vestido cinza. Os braços dobrados apoiados sobre as pernas afastadas. Curvada à dor pela morte prematura de um filho faminto. O estômago torceu dentro de mim. Uma náusea. Puxo forte o ar de boca aberta. A garganta seca, os pelos arrepiados. Um frio intenso e imenso. As mãos suavam, geladas. Me vi segurando a cabeça daquela criança cadáver, junto à menina à direita da mãe. O crânio em minhas mãos. Passei os olhos pelos outros corpos sofridos. Mirei no menino, seguro pelo pulso direito. Usa apenas camiseta cinza. As pernas magras afastadas e o braço esquerdo ao longo do corpo. De olhos fechados, o único que não chora. Meu peito apertado. Minha pulsação no pescoço. Veias saltadas. O corpo pesava. Tontura. A vista turva. A criança morta parecia viver dentro de mim. A mãe me carregava em seus braços. Pietá. Eu queria fazer parte da cena, entrar naquela pintura. Joguei meu corpo com toda a força de encontro ao quadro. A batida fez um pequeno trinco no vidro de proteção e um grande corte no meio da minha testa. O sangue escorreu rápido, desceu entre os olhos, cobriu o nariz e senti um gosto ferroso quando chegou à boca. Aos poucos aquela bela imagem foi se esvaindo, se dissipando, até se apagar de vez.

ACORDO MATINAL

Ele continua deitado, recusando-se a abrir os olhos. As pálpebras pesam. Escuta os sons que vêm de fora: pássaros, carros, motos e vozes nas calçadas. Estranha o ambiente. Desperta e sente o pânico de alguém que acorda num quarto que não é o seu. Olha ao redor e não reconhece nada, nem se lembra de como chegou ali. Tateia o colchão até a mesa de cabeceira em busca de um abajur que lhe clareie a visão e os pensamentos. Encontra várias caixas de remédio, uma pequena farmácia; ao lado, um caderno de capa preta, uma caneta marca uma página. Reconhece a caligrafia. Aperta os olhos míopes e lê com dificuldade os recados. Tomar o remédio amarelo a cada oito horas: às oito, dezesseis e meia-noite; o vermelho a cada doze: meia-noite e meio-dia; não esquecer de abrir a janela, logo ao acordar.

Se levanta devagar e abre a janela como recomendado. Uma brisa bate no rosto e a cortina fina dança sozinha.

Na outra cabeceira, um copo meio cheio, um comprimido amarelo e o despertador marcando oito e vinte. Ele engole o remédio que para no meio da garganta. Engasga. Esvazia o copo num grande gole e desce rasgando. Ouve um zumbido bem no fundo do ouvido, parece que tem conversa em outros cômodos, sussurros. Sai do quarto, caminha tentando levantar os pés, mas eles se arrastam desobedientes. Chega à sala: vazia. Repara nas plantas secas, mortas, e num retrato de seu pai abraçado a uma mulher que não é sua mãe. Estranha. O pai a quem imita no modo de se vestir, nos trejeitos, na austeridade, nas ranzinzices e cujo rosto ele herdou. Cinzeiros, bitucas, um maço de cigarros aberto e uma caixa de fósforos sobre o tampo da mesa; ele tenta se lembrar de algum conhecido que fuma, de quem seria a casa. Olha para as pontas dos dedos rachados e amarelados, o dorso da mão com marcas roxas, pintas e queimaduras. As vozes não são de fora, estão só na sua mente. Segue até o banheiro. No espelho, nota as rugas e cabelos grisalhos que desconhece. Junta as palmas em concha, lava o rosto e a água fria eriça os pelos dos braços. Sacode a cabeça para dispersar a confusão que lhe embaralha as ideias. Volta ao quarto, deita de novo, aperta o travesseiro no rosto e solta um grito abafado. Sente um gosto amargo de cigarro na boca. Ergue o corpo e repara a janela da casa da frente, também está aberta. Um velho que lhe observa com um sorriso banguela levanta um braço e acena vagaroso. Gesticula. Nessa hora, lhe vem a consciência de que se trata do vizinho de quem se aproximou após a morte da esposa, anos atrás. Que o velho abriu a janela para que ele saiba que está vivo. Lembra-se da anotação no caderno e de que ele também abre a janela toda manhã para que o outro saiba que ele ainda vive. Acena de volta. Retorna ao caderno e anota que tomou o amarelo das oito.

O CENTAURO

Depois de dois anos, ele parecia mais baixo e mais magro. Não se diminui de tamanho em tão pouco tempo; não na idade dele. Pode-se emagrecer, não diminuir. Ou já era assim e eu que nunca reparei. Mais grisalho, mais compenetrado. Camiseta cavada, bermuda cinza, tênis adidas, uma simulação de atleta. Mas ainda era o mesmo homem com quem compartilhei cinco anos de minha vida.

Nos cumprimentamos com um aperto de mão fraco e frio. Fiz o movimento de esticar o pescoço pra beijá-lo, recuei. Me convidou pra entrar, mostrando a sala espaçosa e bem decorada, iluminada por uma janela grande ao fundo com cortinas translúcidas. Reparei peças e penduricalhos por todo lado: porta-retratos, estátuas de santos e anjos, fonte d'água desligada, pedras em formatos estranhos, vasos grandes, flores de plástico, muitos quadros coloridos em molduras antigas e lembranças de várias cidades. Uma verdadeira loja de souvenirs. A separação parecia ter lhe feito bem.

Disse que passaria um café e me guiou à cozinha. Havia uma pequena mesa e duas cadeiras. Arrumou a toalha quadriculada cafona e colocou pães e biscoitos. Contou das viagens, aventuras e passeios, de que agora fazia exercícios, se cuidava, fez dieta e respondi que percebi. Foi quando se virou pra colocar a água fervendo no café, que aproveitei. Não era bonita, nem mesmo feia. Não era de material caro, sem ponta nem serra, de cabo branco. Da mais simples possível, de passar manteiga no pão, ainda suja, um resquício de requeijão light, manteiga ou margarina. Mesmo assim, apesar de toda simplicidade, escondi a faca dentro da bolsa bege, junto com o pires que já havia pegado.

Aliviada e com certo prazer, desviei o olhar pra cima da geladeira, um pinguim, quem sabe. Mas foi a pequena estátua estranha, meio homem meio cavalo, que despertou meu interesse. Pensei em perguntar o que era, mas chamaria atenção pro objeto que depois daria falta. O desafio era me aproximar da geladeira com a bolsa tiracolo, sem dar pistas. Percebendo minha distração, perguntou se estava tudo bem. Sim, tudo. E onde fica o banheiro? Ele apontou pro corredor estreito e comprido. Levei a bolsa, onde enfiei a saboneteira que imitava madrepérola. Fiquei um tempo elaborando o plano pra chegar à estátua cobiçada. Um forte cheiro de lavanda; pagava uma diarista, com certeza. Nunca foi de lavar o banheiro. Uma, duas, três leves batidas na porta.

Tá tudo bem com você?

Sim, já estou saindo.

Acionei a descarga, por disfarce. Arqueei o dorso sobre a pia, joguei um pouco d'água no rosto, levantei o rabo de cavalo e outro pouco na nuca. Suava. Não me olhei no espelho. Voltei e a bolsa pesava, coloquei em cima da mesa, fez um barulho: a saboneteira batendo no pires. Ele cerrou as sobrancelhas, vieram os vincos na testa. Estou melhor, foi só uma leve tontura, eu disse antes de tomar um gole do café muito doce.

Você tem se tratado?

Sem responder, pedi logo os papéis; tinha certeza que ele sairia pra buscar. É muito organizado, guarda tudo em pastas e caixas ordenadas por data. Aproveitei o momento, fui à geladeira e peguei a estátua. Não cabia na bolsa, tive que apertar, ajeitar, até entrar. O zíper emperrou; lutei, mas consegui fechar. Respirei aliviada.

Ele voltou com uma pequena pasta parda e usando uns óculos de armação fina. Esse sim era caro, de marca importada. Como eu poderia roubar aqueles óculos? O sangue pulsou mais forte. Voltei a suar nas palmas, nuca e solas dos pés.

Usa óculos agora?

Só pra leitura.

E você passou a ler?

Pousou a pasta na mesa e me estendeu a caneta. Peguei e curvei o corpo.

Quando você foi ao banheiro, tinha alguma saboneteira lá?

A caneta tremeu. Não levantei os olhos.

Posso ver sua bolsa?

Larguei a caneta em cima da pasta. Peguei a bolsa pela alça e, num gesto rápido, impulsionei o corpo pra trás jogando pendular o braço pra frente, acertando em cheio o lado esquerdo do seu rosto. O corpo tombou de lado. Um barulho seco quando bateu no piso frio. Não sangrou, graças a Deus, odeio ver sangue escorrendo.

Tirei os óculos com cuidado. Pendurei no decote. Voltei à mesa, tomei o resto do café já morno, assinei os papéis do divórcio e levei também a caneta comigo.

DELÍRIO DE FREGOLI

Alguém impede que as portas do elevador se fechem; odeio quando isso acontece e sempre acontece. As portas reabrem devagar e ela entra, disfarçada mais uma vez. Penso em sair, mas desisto. Me posiciono no canto da cabine. Boa noite. Boa noite. Aperta o térreo mesmo vendo a luz acesa ao redor do botão com a letra T. Faz de propósito pra me irritar. Finjo que não reconheci o seu disfarce, acha que me engana. Sei quem está por trás dessa camisa do Flamengo. Abro o livro que eu trazia debaixo do braço, poemas de Brecht. Que calor, não? Será que ainda chove agora a noite? Não respondo. Chegamos ao térreo. Ela sai na frente e segura a porta, saio sem agradecer. Paro no corredor e finjo ter esquecido algo, sei fingir também. Ela passa devagar, cumprimenta o porteiro. Espero um tempo. Seu João pergunta se está tudo bem. Respondo que sim. Quer saber se vou assistir ao jogo. Desconverso, saio batendo o portão e o barulho faz o cão, que se aproxima conduzido pela coleira, latir feroz. Vejo que o dono do cachorro é o cúmplice dela; estão juntos, me perseguem faz dias. Disfarçam, querem meu papel na peça. Não conseguirão, nunca. Serei o grande Leopoldo Fregoli, com todo meu talento. Passo de cara fechada pelo cúmplice e o seu cão. Dobro a esquina, entro na padaria e peço um pingado. Sei que vem-fraco e frio a essa hora. Droga! Lá está ela, me observa da mesa do fundo. Vagabunda, sabia que eu vinha pra cá. Conhece meus passos. É uma boa atriz, mas não a ponto de me enganar. O modo como me observa, meio de lado. Não adianta se disfarçar de torcedor, não adianta usar aquela bermuda largada, botar peruca de homem e coçar o saco como se tivesse um. Tomo o café num gole rápido que desce amornando a goela. Deixo gorjeta no balcão e saio. Ainda reparo que ela olha pra tevê, como todos os outros ali dentro. Na calçada, percebo que esqueci o livro no balcão ensebado. Não volto pra buscar, amanhã compro outro. Desço a rua sem olhar pra trás, apresso os passos, dou uma trotada, sei que os dois me seguem; dobro outra esquina e entro em uma porta que não sei onde vai dar. Percorro o corredor comprido, abro a segunda porta e, contra meus olhos, se projetam feixes de luz: azuis, amarelos, verdes, vermelhos, girando e piscando no ambiente escuro. Vertigem. Um som-chiado alto: *Strangelove* do Depeche Mode, faz o ambiente mais decadente. Me apoio à parede, recupero o sentido e percebo onde estou. Fazia muito tempo que não colocava os pés neste puteiro falido, que muito frequentei por ficar tão perto do meu prédio. Fede o mesmo azedo de suor e cigarro. Tudo esfumaçado, os pés deslizam na pista. Apoio os cotovelos e sinto o balcão molhado. O barman é o mesmo, perdeu os cabelos e ganhou peso. Não me reconhece, também não me reconheceria. Peço um uísque barato e viro pra observar a pista de dança. Os feixes clareiam pedaços de perna, braço, tronco, ombro e nuca. Vejo ele que veste um maiô, não distingo cor por causa das luzes embaralhadas. Me olha. Se aproxima. Me convida pra um programa. Desvio a vista pra porta de saída e é ela quem bloqueia a passagem de braços cruzados, se fazendo passar por segurança. Preciso sair. Pago a bebida, que viro também num gole, mas dessa vez queima a garganta. Já vai embora? Diz uma voz fingida, bem perto do meu ouvido, enquanto esfrega seu corpo ao meu. Desvencilho, mais por medo do que por repulsa. Corro pelo mesmo corredor que entrei. Saio zonzo esbarrando em corpos passantes. Arqueio o tronco, sobe uma quentura do fundo do fígado. Vomito líquido, um jato na sarjeta, escorre pro bueiro. Tinha algo na bebida. Um gosto azedo no céu da boca. Sento na guia e os carros passam raspando e buzinando. Pressinto que ele se aproxima. Levanto e corro em direção ao outro lado da rua, é quando ouço o frear. O impacto rápido-forte me joga

VIA ORAL 55

de lado no chão. Sangro. Viro o rosto. Fecho um pouco a vista e vejo ela soltando o cinto de segurança e saindo da van, disfarçada de motorista. Vem em minha direção, escondendo o sorriso de alegria pela conquista. Tento levantar minhas pernas tortas e sinto uma delas quebrada, uma dor latejante. E sei que perdi o papel.

NOTAS DE PRONTUÁRIO

"o médico do plantão pediu para que mantenha a paciente sedada. Ficar em observação 24h, sem receber visitas. Alegar risco de contaminação. Amanhã, ele voltará no horário da tarde. Realizará uma nova cirurgia para a retirada de uma tesoura cirúrgica curva de 15cm e duas gazes que foram esquecidas dentro da paciente durante a toracotomia. Enquanto não for feita nova cirurgia, administrar anti-inflamatório diclofenaco 200mg a cada 6h. Após retirada dos instrumentos, não liberar alimentação por via oral, manter o soro por dois dias" (prontuário n° 5.276, paciente Francisca Liberato Santos, 54 anos).

* * *

"faz sete dias, voltou de um coma de vinte anos. Sem sequela visível. Se encontra saudável. Foi solicitado hemograma completo, que não apresentou nenhuma variação patológica. Alimenta-se sem dificuldades. Caminha pelos corredores sem qualquer problema de locomoção e chama a todos pelos apelidos que inventou para a equipe de enfermagem. Sempre bem-humorado. Dorme tranquilo e acorda cedo. Assobia e cantarola toda manhã. Ainda assim, o paciente se recusa a receber alta médica. Diz que não vai saber viver lá fora. Não conhece ninguém. Não recebeu visitas durante todo o período de coma e o telefone de contato em sua ficha retorna que o número não existe. Perguntado sobre mulher e filhos, responde que sua família está aqui, são as enfermeiras e os médicos" (prontuário nº 3.267, paciente Joaquim Mendes Gonçalves, 78 anos).

* * *

"a paciente está descontrolada. Tivemos que sedá-la. Se debatia e agrediu toda a equipe ao descobrir que o médico operou a sua perna esquerda ao invés da direita, que é onde tem as varizes que doem" (prontuário nº 21.960, paciente Dolores Matias, 47 anos).

* * *

"pesava 30 quilos. Foi diagnosticado com tuberculose há três semanas. Caminhou a pé por mais de 200 quilômetros atrás de um guru curandeiro. Chegando no local, sentiu uma forte vertigem e fraqueza em todo corpo. Passou a tossir sangue e catarro esbranquiçado. Desmaiou na rua e foi trazido ao hospital por um desconhecido, que também foi internado para verificar a contaminação. Foi prescrito antibiótico isoniazida 150mg, administrado a cada 6h. O paciente insiste em querer abraçar a todos para agradecer os cuidados. Mantê-lo isolado e se atentar para as regras sanitárias" (prontuário n° 321, Antônio Gusmão Filho, 44 anos).

* * *

"ontem, o mesmo paciente teve alta deste hospital, após ser verificado, através de exame de raio-x, que teve uma lesão torácica fechada decorrente de trauma de baixa energia, com possibilidade reduzida de lesão de órgãos. Foi receitado analgésico dipirona 500ml e anti-inflamatório ibuprofeno 400ml. Ficou quatro horas hospitalizado. Porém, o paciente retornou hoje pela manhã, tendo a fratura aumentada. Relatou que voltou ao trabalho logo após a alta. Trabalha de chapa, descarregando carga de caminhões pesados que chegam na cidade. Pediu para que lhe fosse dado mais remédios para passar a dor e que precisa voltar logo ao trabalho, pois é o único empregado em casa e tem que alimentar a família" (prontuário n° 3.276, paciente Orlando Barbosa Silva, 44 anos).

* * *

"o paciente alega que as dores começaram pela manhã, depois de comer uma manga, sendo que antes havia tomado leite. Disse ainda que sempre ouviu que essa combinação não cai bem, mas, mesmo assim, resolveu comer a fruta. As dores na barriga começaram fracas, depois se tornaram pontadas profundas. Trazido por uma ambulância, chegou em posição fetal, sentindo fortes dores na região abdominal. A esposa acompanhava e chorava desesperada. Teve que ser acalmada. Após ultrassonografia abdominal, constatou-se excesso de flatulência. Foi prescrito simeticona 75mg a cada 6h. Dar alta após evacuação" (prontuário n°. 712, paciente Flavio Fiori Santos, 41 anos).

* * *

"deu entrada no pronto-socorro com diversos hematomas no rosto, sangrava muito. Foi trazida por um homem que foi embora sem se identificar. Quando chegou, mostrou-se arredia, de pouca conversa. Alegou ter caído da escada de sua casa. A radiografia da face não apresentou nenhuma fratura profunda. O médico prescreveu anti-inflamatório ibuprofeno 400ml administrado a cada 4h, junto com analgésico dipirona 500ml. A paciente agora se encontra recuperada. Foi dada a alta, mas ela pediu para ser dispensada da alta. Prefere ficar mais alguns dias internada" (prontuário s/n°, paciente não quis se identificar, s/idade).

* * *

"pediu para morrer em casa, junto com os filhos e a esposa. O médico concedeu a alta. Ligamos para família, disseram que não tinham como vir buscar. Levei no meu carro até a casa que fica num bairro afastado. O paciente veio a óbito assim que entrou em casa" (prontuário n°. 3.298, paciente José Antônio Bonfim, 78 anos).

* * *

"foi internada ontem, por causa de cálculos renais. De madrugada, estava no chão do quarto, gritando pela enfermeira. Disse que escorregou ao descer da cama hospitalar. Fraturou o cóccix e foi levada pela equipe médica para o centro cirúrgico. Mas a paciente que divide o mesmo quarto afirmou que ela tentou fazer um movimento de *pole dance* no suporte de aço usado para pendurar o soro e o suporte caiu" (prontuário n°. 934, paciente Luiza Ferro Andrada, 32 anos).

* * *

"o garoto mora na rua e chegou vomitando terra. Estava com fome e passou na frente da casa em que uma menina brincava de fazer bolinhos de barro." (prontuário n°. 4.548, paciente Henrique Souza, 8 anos).

* * *

"vítima de acidente de moto. Deu entrada às 2h da madrugada de hoje. Chegou no pronto-socorro de ambulância, sem acompanhante. Sangrava muito nos membros inferiores. Apresentava fratura exposta na região do joelho esquerdo. Foi levado direto ao centro cirúrgico. Após cirurgia, depois do efeito da anestesia, passou a reclamar muito. Dizia sentir uma forte dor no pé. Pediu para que lhe coçasse a sola. Tive pena e não contei que teve a perna amputada abaixo do joelho. Preferi sedá-lo". (prontuário nº 13.021, paciente Lucas Fontes Aguiar, 23 anos).

* * *

"acordou radiante. Se sentia melhor. Informei que a cirurgia havia ocorrido com tranquilidade e que, no final do dia, ela teria alta. Só precisaria que alguém lhe fizesse a limpeza e a troca dos curativos. Quando perguntei se alguém a buscaria, ela começou a chorar muito. Soluçava. Falei que vou levá-la para casa, e cuidar enquanto ela precisar." (prontuário s/nº, Lenice Alves da Cunha, 52 anos).

* * *

"paciente fugiu de madrugada. Viram depois, nas câmeras de segurança. Saiu pela porta do estacionamento, vestido com a camisola hospitalar e ainda tinha a sonda uretral introduzida" (prontuário nº 2.434, paciente Frederico Pinto, 30 anos).

* * *

"relatou que estava trabalhando na casa de um parente, enchendo a laje, debaixo de um sol forte. Depois, ainda suado, tomou dois copos de cerveja gelada e comeu um pão com mortadela. Em casa, começou a tossir forte com expectoração amarela, teve febre e passou a vomitar bolas de sangue. A avó, com quem mora, lhe fez tomar um chá de ervas e mastigar cebola crua. Depois, rezaram um terço. Chegou ao hospital com dores no hemitórax e dispneia. A radiografia do pulmão indicou pneumonia leve. O médico prescreveu penicilina e oxigenoterapia. Dar alta depois de 24h de observação. Indicar inalação com soro fisiológico e evitar cerveja gelada pelos próximos dez dias". (prontuário nº 2.112, paciente Roberto Gullar, 37 anos).

* * *

"não aguento mais. Não suporto ver tanta gente morrendo. Maldita hora que escolhi essa profissão" (anotação feita a caneta vermelha na margem final do prontuário nº 19.201).

O TEATRO DA MENTE

Acho que estou ficando louca, doutor.

Sim, tem algo errado acontecendo comigo.

Eu vejo um monte de coisas estranhas.

De todo tipo, doutor. Vejo gente chorando, correndo, cavando, falando e gritando. Gente vestindo roupas estranhas, penteados esquisitos, rostos desconhecidos. Um homem me olha de longe, sorri um sorriso sem dentes, barba grisalha de três meses sem fazer, não o conheço. Crianças em corridas curtas; elas caem, levantam, gritam, xingam e depois se abraçam e correm de novo. Vejo animais, muitos e sempre um mesmo cavalo preto disparado com arreio, sem freio. Cachorros, gatos, ratos e besouros maiores que o normal. Eles voam ao redor da minha cabeça. Me esquivo, gesticulo com os braços para afastá-los e eles não existem. Borboletas coloridas brilhantes e sem cores também. Frutas: banana prata, nanica e maçã, abacaxi sem coroa. Vejo prédios altos, cinzas, amarelos, azuis, brancos. Não, brancos não. As cenas mudam. Se misturam. Se alternam. Ora se confundem, ora são mais claras. Tudo tem muito movimento, às vezes repetitivos.

Não são sonhos não. São coisas irreais, que vejo acordada. Em vigília, doutor. Estão aqui, ao meu redor. Parecem mais com várias cenas em sequência. Feito um filme de suspense, de terror. Triste e descontínuo.

Também não. Nunca vivi essas coisas. Na minha infância não havia prédios altos, carros modernos e todas essas coisas. Vivi no campo, na roça, era um lugar isolado, brincava apenas com meus irmãos. Nenhuma dessas imagens fez parte da minha vida, até agora. Não reconheço nada, nem ninguém. Ou melhor, só tem uma pessoa que vejo e reconheço. É meu filho, vestido de preto e calça jeans surrada. Mas não é sempre, são raras as visões com ele.

Nunca veio me visitar, não senhor. Eu estava com medo de falar essas coisas para as enfermeiras, porque poderiam achar que eu fiquei louca, que tenho demência por ser velha. Estou assustada, com receio de estar enlouquecendo mesmo, ficando senil.

Mas é horrível sim ver tudo isso. Eu não quero, por favor.

Não, esses olhos são inúteis, doutor. Fiquei cega faz anos. E agora, vejo essas coisas.

AUTOIMAGEM

Uma vez acordou no meio do procedimento, só lembra que sentiu o médico puxando a pele, cortando algo dentro dela, depois apagou de novo. Noutra, a anestesia não pegou direito, foi quando mais doeu. Disse que não faria nunca mais. Teve também quando não ficou bom e fez de novo. O cirurgião não cobrou a segunda e ela saiu no lucro.

Faz cinco dias e não melhora. Parece que levou uma surra daquelas. Rosto inchado, os olhos quase nem abrem. Difícil até de respirar. Onde as agulhas entraram, saem sangue e pus. Tem que limpar toda hora. Enviou uma foto pro médico. Ele estranhou. Não era pra estar daquele jeito.

Entrou no chuveiro, passou o sabonete Dove que hidrata, diz o comercial e ela acredita. Saiu e secou nos lugares dos cortes e o corpo tem vários. Devagar, pra não desfazer os pontos. Tem uma pequena farmácia especializada em casa: anti-inflamatórios, corticoides e cicatrizantes. Às vezes, indica às amigas, os remédios e as cirurgias.

Enrolou a toalha na cabeça prendendo os cabelos num coque. Passou os cremes de potes caros, que deixam a pele mais nova, está escrito na embalagem e ela acredita. Se olhou no espelho, de corpo inteiro. Ainda não estava bom. Nunca está. Sempre dá pra mudar, melhorar. Tem coisa pra por, pra tirar. Mexer aqui e ali. Um corpo todo costurado. Lapidado a bisturi.

Fez coxas.

Fez queixo.

Fez cintura e abdômen.

Fez o papo na garganta.

Fez as pelancas debaixo dos braços.

Fez flancos e ela nem sabia o que era.

Fez nariz mais fino.

Fez orelhas que eram pra frente.

Fez umbigo que subiu quatro dedos.

Fez os lábios de baixo e os beiços de cima.

Fez buço e o bigode chinês.

Fez seios redondos e maiores.

Empinou a bunda.

Agora, pálpebras e rugas.

Foram muitas e ela nunca se acostuma. Mas não reclama. Semana que vem volta à clínica que tem a segunda sessão. São quatro ao todo. Vai furar. Vai cortar. Vai inchar de novo. Vai doer. Vai arder. E ela sabe de tudo isso.

CAUSA MORTIS

vejo a sua luta enquanto me movo por todo o seu corpo e faço o que posso pra passar o tempo que corre num compasso com pressa e tento retardar o fim; fecho as janelas que o vento traz um frio: é o frio da morte, você sente e diz, sozinho; ouço os sussurros e as súplicas que saem de sua boca grande já sem dentes e não alcançam ouvidos que possam te ajudar ou amenizar a situação; ora aos olhos de um Deus pregado à parede, moldado à mão e pede pra que, pelo menos, te salve a alma, pois não há ave-maria, pai-nosso, credos, salve-rainha e ladainhas litúrgicas que possam te salvar a vida nesta hora; agora toma o remédio de cápsula grande que precisa de água pra descer a garganta arranhada de tantas drágeas, cápsulas e comprimidos que amenizam mas não curam; eles já não fazem efeito, não o efeito que deveriam fazer, apenas relaxam os músculos e nervos e diminuem as dores, o que no seu caso já é muita coisa a ser feita; rasga a receita do amigo que recomendou: não beba mais, mas nessa hora uma taça de vinho tinto não faz diferença ou faz pra melhor que relaxa e abaixa a ansiedade; deita o corpo roto e aguarda que agora venham as recordações que dizem parece um filme que passa na mente, mas deve ser mentira, que ninguém voltou pra dizer que é verdade; as lembranças de infância do menino que via voar a pipa, jogar a bola, boiar no rio, correr na rua e de olhar a lua no eclipse do sol, que foi uma beleza e só acontece depois de muito tempo; não se meta a chorar agora que nunca foi homem de lágrimas e se você tem algo a dizer ainda ou a fazer, que se arrependa de não ter dito ou feito, deixe ao menos escrita uma carta de despedida ou recomendação bem clara aos que ficam, seus filhos e filhas e netos e bisnetos que ainda virão e verão que o vô ou bisavô foi quem foi, sem idealizarem alguém que você não é, alguém que amou a mulher e que um dia o amor acaba, mas não termina, que tem os filhos e os filhos são a continuação do amor acabado, ou deveriam de ser, pois de nada adiantou ter uma família, herdeiros e descendentes, que agora somos apenas nós: você e eu; e foi quando eu soube que não tinha mais jeito, ao te consumir por inteiro também terei me consumido e então não seremos nada e não sendo mais nada não teremos mais com o que nos preocupar, nem com coisa que nos desvia a vida do que importa, coisa que não foi feita pra fazer feliz, mas foi feita pra guardar, como rancor e raiva, que há quem acredite sejam os causadores de tudo que sou, mas crenças e credos são da ordem do subjetivo e o objetivo é saber qual a melhor forma de se passar pelo momento final sem dor nem sofrimento; pensamento leigo esse que todos têm de que a morte é triste e penosa, viver é ainda pior, ou melhor seria não ter a consciência de que existe quem morre de fome e de frio, ou morte matada com faca, com arma, por briga de torcida, por amar alguém do mesmo sexo, pela cor, por ser mulher; e a colher que não se mete é a indiferença que permite a morte, e a sorte é não saber que se morre assim; muitos queriam estar no seu lugar, nessa hora, dessa forma, morrer em casa, tranquilo, sozinho, sem se ver adoecer; você, que passou a vida a amenizar dores e curar doenças alheias; agora, velho e rico, que não sabe nada disso de vida sofrida, de frio e fome, só sabe que a vida foi feita de busca por dinheiro e tristeza, porque dinheiro não traz coisa nenhuma, mas é tarde pra arrependidos e rompantes de culpa; não há dignidade nessa morte e nem em morte nenhuma, nem nas de quem salva outra vida; é tudo a mesma morte morrida

QUINZE

Sessão das 18, de uma segunda-feira, dia 14, que é promoção e o ingresso sai por 12. A exibição foi até às 19 e 40, como atrasou 3 são 93 minutos jogados fora dos 1440 de 1 dia inteiro. E eu tento. A sala pequena de 242 assentos. Conta fácil: 10 fileiras de 24 lugares cada, mais 2 poltronas maiores de obesos nas laterais perto das portas de saída. E eu tento. Além de mim, mais 8 assistindo ao filme ruim. 2 casais de beijos estalados, 2 amigos que não se calavam e outros 2 solitários. E eu tento. O alívio de quando saio e subo os 24 degraus. Piso o primeiro com o pé esquerdo, que o direito dá azar pra começar. Conto os 43 passos até o banheiro, vazio, ainda bem, odeio mijar pensando que alguém mais ouve o som do jato de urina se chocando contra a água do vaso. Enquanto me alivio, deu pra contar os 682 azulejos, arredondei os das quinas, cortados ao meio. E eu tento. Mais 5 segundos lavando as mãos e 10 no secador automático que tem sensor e marcador de tempo. 15 segundos e espero mais um. E eu tento.

Reparei durante a adolescência, o controle remoto na mão, apertava botões fazendo somas, multiplicações, dividindo os números dos canais. Começava sequencial do 0 ao 9 e depois combinava: 1 e 0, 1 e 1, 1 e 2, 1 e 3, 1 e 4, até os dedos doerem. Inconsciente. E nessa época, passei a tentar. 8 escovadas de dentes de cada lado, 4 de cima pra baixo e 4 ao contrário. Notei que lavava as mãos contando até 10. Secava 3 vezes cada uma. Sempre conferindo a soma dos azulejos e ladrilhos antes de sair, só pra confirmar o número que eu já sabia: 246 azulejos e 3.328 ladrilhos. Eu tentava. Tudo passou a fazer sentido aos 15 anos, quando sofri o primeiro acidente grave, era um 10/05. Depois, outros aconteceram: 11/04, 13/02, 08/07, 03/12. Passei a crer que o cálculo era uma forma de prever coisas ruins que poderiam acontecer comigo, sempre relacionadas ao número 15. Se pra muitos o 13 é o número do azar, pra mim é o 15.

Mais 18 passos e sento na cafeteria que tem 8 mesas, com 4 cadeiras cada: 32 lugares em cima de 43 lajotas foscas num chão bem limpo. Paguei 20 num expresso puro com pedaço de bolo, que deu 12 e 40, e aviso que o troco é 7 e 60 antes do atendente lento bater o pedido na tela do computador. E eu tento. Sento e na mesa ao lado um casal comenta algum filme que me parece bom. Demoro e o café esfria. Em outra mesa, um dos homens parece ter tiques. De frente pra mim, conto que pisca 8 vezes em 10 segundos. Preferia ter tiques também. Além de mim, são 23 pessoas no local, contando atendentes e clientes. Em 4 mesas tem um pequeno filtro de pano apoiado em estrutura de madeira, onde o próprio cliente côa o seu café. E eu tento. Ouço o nome do filme dito na mesa ao lado e vejo que só tem sessão amanhã às 17, mas amanhã é dia 15, e dias 15 não saio de casa por nada.

Toda noite, leio sempre 6 páginas antes de dormir. Pulo a página 15 de todos livros, não leio. Nem os capítulos. Sei que se ler, algo ruim vai acontecer, não sei bem o quê, mas sei que vai acontecer. E tento. Acordo sempre faltando 13 minutos pro despertador tocar avisando 7. O modo soneca acionado 5 minutos depois. Já calculei o tempo do banho, do café e chego sobrando 12 minutos pra pegar o ônibus das 8, que às vezes passa às 7 e 57, outras vezes 8 e 05. Chego no horário ao escritório: 9. Nunca atraso.

Saio e trombo um estranho que me para e pede as horas. São 20 e 18, digo e a soma dá 38, subtraio e dá 2. Cruzo mais 7 pessoas até chegar à esquina, uns 72 metros. E eu tento. O semáforo fechado, espero 12 segundos. O primeiro carro parado na fila tem o final de placa 15 e resolvo não atravessar. Me dá agonia. Espero. Verde. Passam 6 carros, 4 motos e um ônibus com 13 passageiros. Vermelho. Vejo a placa e agora é 73, somo e dá 10, subtraio e dá 4. Atravesso a rua que tem 12 faixas pintadas brancas, com 4 marcas de freadas bruscas. Só piso no branco. Até em casa são 7 quarteirões de uns 130 metros cada, contabilizando 910, mais ou menos. E eu tento. Pego o táxi com placa somada 26. O seu Jerônimo, 52 anos, fala da vida, das 2 mulheres com quem foi casado e dos 4 filhos já grandes: 30, 27, 25, 22, somo e dá 104. A viagem de 9 minutos custou 12 e 80, desci um quarteirão antes com medo de dar 15. Pago 20 e deixo o troco de gorjeta, pra alegria do motorista de 8 letras. E eu tento. Quando desço do carro, um trombadinha passa e pega minha carteira com 34 reais em notas de 20, 10, e 2 de 2, e rouba também o celular no bolso de trás. Ainda consigo segurar o maldito pela blusa, caímos na calçada. Ele se debate. Pergunto o seu nome. Estranha, mas responde enquanto se desvencilha: Douglas. Só Douglas? Douglas Natanael, me solta, porra. Só podia ser. Solto o garoto na mesma hora. Me tranco em casa. E continuo tentando.

VISITA INESPERADA

Marta acorda e logo percebe na falta de sol, cigarras e pássaros, que será um daqueles dias difíceis. Espera alguém vir dizer que está na hora de acordar, levantar; ninguém vem, que o marido fugiu com outra, dizem as bocas do bairro. No começo se preocupou, buscou, depois deu razão às fofocas. Não rola de lado para voltar a dormir, o corpo entende que vive. Alonga, se espreguiça. A dor volta e hoje vai das costas à lombar. O maxilar relaxa um bruxismo de trincar os dentes. Os olhos no teto, reparam uma mancha escura de umidade. Tenta uma prece apressada e se perde no trecho do reino e seja feita a vossa vontade. Insiste, mas para no pão nosso de cada dia. É o bastante. Os braços encostados ao tronco, dedos dormentes por ter descansado o peso do corpo em cima das mãos. O estômago pede um café coado amargo e biscoitos. Levanta, os pés descalços pressionam o chão frio.

Ela prende os cabelos atrás da nuca e a camiseta larga deixa o ombro direito para fora.

Na cozinha, quando a água começa a ferver, a campainha toca. Ela não se move, a perna direita dobrada, pé apoiado no joelho esquerdo formando um quatro com as pernas, enquanto as mãos descansam apoiadas na cintura. Em cima da pia, o filtro de pano encardido na borda da caneca grande e dentro o pó de café cheirando forte. Quando a fervura aumenta, apaga o fogo e despeja o líquido no coador, a fumaça sobe serpenteando e ela busca o rastro com as narinas. Inspira forte e já é meia vontade satisfeita. A campainha insiste. Ela pega a caneca e o pote de biscoito e senta à mesa, mergulha um primeiro biscoito pela metade e admira os dois tons, morde a parte escura, enquanto ouve uma voz gritar seu nome. Toma um gole e ainda queima, sente soltar uma pelezinha no céu da boca, só então resolve ver quem chama. É a ex-vizinha que morava na rua de trás. Muro com muro, fundos com fundos. Mudou faz dois anos. Não lembra o nome dela.

Afasta a cortina e, da janela, ergue a mão direita espalmada dizendo pra visita aguardar. Volta ao quarto, veste a calça jogada na cômoda, cintura alta por cima da calcinha de elástico frouxo, ajeita a camiseta. Pensa em passar um batom, mas não. Cara limpa. Nem imagina o que quer a vizinha.

Abre o portão, devolve o bom dia. Fica à vontade. É visita rápida, anuncia a ex-vizinha. Alguma coisa importante, pergunta ela que não é de rodeios, nem papear besteiras domingo de manhã. Não é nada não. Tem café? E atravessa a porta em direção à cozinha, seguindo o cheiro forte ainda no ar. Ela reacende a boca do fogão ainda quente. Faz o quatro nas pernas e apoia as mãos na cintura, como de costume. A visita pergunta se tá tudo bem, se tem novidade na rua. Ela responde apenas que não sabe de nada, que trabalha muito e não tem tempo pra vida alheia.

Serve o café amargo nos copos, não tem xícara. Espera um primeiro gole de franzir a cara feia. Só depois, pega o pote de açúcar e põe na mesa. A outra vira três colheres cheias e Marta odeia saber que vai ter que lavar aquele melado grudado no fundo do copo. Toma um gole que tortura a carne sem pelezinha. Fica um silêncio de se ouvir o líquido bater no fundo do estômago. A visita toma o seu adoçado, o batom marca a borda e ela pensa que vai ter de lavar essa marca também.

Lembra dos biscoitos, levanta e vê sair do batente um inseto cascudo de patas e antenas grandes para o resto do corpo. Ela não sente nojo. O bicho caminha lento até bem perto da visita. Melhor não comentar. Disfarça, oferece os biscoitos. A ex-vizinha estende o braço, pega dois e começa a contar que faz tempo arrumou alguém, um homem bom, gentil, simpático e educado, contava piadas-sem-graça, mas sabia ser divertido. Se arrumava, se perfumava, mas que um dia ele foi pular um muro e deu com a cabeça num elevado rente à parede. Tinha habilidade, mas veio uma tontura e veio também a queda. A cabeça bateu numa quina, não desmaiou, ficou meio tonto meio lerdo, sem dizer coisa com coisa. Ela acolheu o homem desmemoriado pelos dias que se seguiram semanas, meses.

Marta ouve sem atenção, toma um último gole já amornado. O invasor ergue as antenas e come os farelos que caem. De súbito, ela enfia o pé entre as pernas abertas da visita, tentando acertar com uma pisada forte. A outra pula da cadeira e geme um susto. O inseto escapa ligeiro, se esconde. Marta se desculpa, diz que tropeçou e pede para que a outra continue, por favor.

A ex-vizinha toma outro gole e prossegue: no começo, tudo era maravilhoso. Ela cuidava do homem com todo o carinho. Lavava, passava, cozinhava e servia café na cama. Ele continuava a não se lembrar de nada, mas o tempo fez tudo mudar.

O inseto sai pelo buraco no batente e volta para debaixo da mesa.

O rapaz passou a se descuidar. Dizia sentir os órgãos podres, atrofiados e inválidos. Um vazio por dentro. Se acha um morto-vivo, perdeu peso, porque não come; diz que não precisa, que não tem fome. Não toma banho.

As antenas balançam, enquanto se alimenta dos restos.

E ela levou aos médicos, fez exames, diagnosticavam distúrbio, delírio, depressão, trauma, transtorno, esquizofrenia. Receitaram remédios fortes, de ficar grogue, de dormir noite e dia, mas nada resolveu. Até que, de uns tempos, o rapaz passou a chamar por um nome. Chama por toda a casa, o dia inteiro, e não é o nome dela. É o da Marta.

Nessa hora, o sangue sobe, avermelha as bochechas. Marta pisoteia e erra. Segura forte a quina e vira a mesa que não é grande, potes e copos ao chão, partidos. A visita grita, levanta e segue à porta. Marta pisa forte e, dessa vez, acerta. Faz um crec. Apoia o calcanhar num movimento de um lado para o outro. Ergue o pé e vê o remexer do inseto, alguns espasmos, agoniza. Ela pisa mais uma, duas, três vezes até escorrer a gosma marrom clara que suja a cerâmica do piso

A visita vira a maçaneta, tenta sair, mas a porta está trancada.

Marta pega a pazinha debaixo da pia, a camiseta caída no ombro deixa meio seio exposto. Primeiro, usa a pazinha feito guilhotina, ceifando o inseto ao meio, expelindo mais gosma. Depois, raspa no azulejo e fica um rastro no chão. Segue aos fundos da casa e a visita acompanha com os olhos; junto ao muro, Marta ergue o braço e, num gesto só, lança o que sobrou do inseto por cima, no quintal que era da outra. Que pega o chaveiro em cima da pia, vai até a porta, gira a chave duas voltas e sai sem se despedir.

BOA NOITE

Tá vendo mãe, foi pra mim que ele disse esse boa noite. Você viu? Ouviu? Foi pra mim mesmo, tô dizendo. Teve um jeito diferente na maneira dele falar, eu sei. Você percebeu? Faz um tempo que eu reparei, ele tá assim diferente, insinuante. Solta um riso de canto de boca. E a voz? Grossa, charmosa, cê viu? Penteia o cabelo meio de lado, deixando a mecha mais visível. Ele sabe que eu gosto dessa mecha branca, escrevi pra ele no *Twitter*, por isso que penteia assim agora, só pra me provocar. Eu sei, foi desde aquele dia que ele me viu na palestra da faculdade, que ficou assim. Mas eu fiz de propósito mesmo, mãe. Fui de vestido vermelho que chama atenção, só não esperava que ele fosse ficar tão apaixonado assim. Me sentei na quinta fileira, o mais próximo que consegui. O auditório tava cheio. Eu que não sou boba nem nada, aproveitei pra fazer uma pergunta, nem me lembro mais qual foi. Ele olhou pra mim na hora da resposta, abriu um sorriso e foi quando aconteceu. Eu percebi na hora que eu tinha atingido meu objetivo. Ficou desconcertado, coitado. Gaguejou um pouco. Deve ter suado, não consegui ver de longe. No final, até tentei encontrá-lo, mas tinha muita gente e não deu. Ele deve ter me procurado também, eu sei. Depois disso, percebi que ele ficou diferente. Curte todos os comentários que faço nas fotos que ele posta no *Instagram*. Todo dia, um terno novo. Eu gosto mais do azul marinho, deixa ele mais sério, sisudo. Outro dia, levantou da bancada só pra mostrar o terno com a calça e o sapato engraxado impecável, foi falar do tempo, mas estava pensando em mim. Queria se mostrar. E os sorrisos? Começou a sorrir mais, a senhora percebeu também? Dentes lindos. Um dia desses ele apontou pra câmera e disse: "trazendo a informação pra você" e piscou, eu sabia que era comigo que ele tava falando, só faltou dizer meu nome no final, mas é que ia ficar chato na emissora, né?! Quer ver uma coisa? Ele sabe que eu não entendo muito das notícias de economia, da bolsa, essas coisas, então começou a mostrar os gráficos pra me ensinar. Ah, o que não faz um homem apaixonado, não é, mãe?

Meu Deus, Ritinha, para com isso. Onde já se viu que um homem bonito desse do jornal vai se apaixonar por uma moleca de vinte anos feito tu?

Ah mãe, você não sabe nada dessa coisa de amor à primeira vista.

A FACE DE CRISTO

Quinta vez do mesmo exame, já sai de casa sem brincos, colares, anéis e cinto. Não estranha mais a impessoalidade das paredes e teto alto de um branco frio, a luz fluorescente, os funcionários que se harmonizam com o ambiente ao não sorrirem, ao falarem baixo. Relaxa as pernas, o corpo todo dentro do aparelho de ressonância, só os pés para fora. Olhos fixos na superfície curva de dentro, se pergunta: pra que tudo isso?

Não lembra o dia exato em que a dor começou, nem onde. A dormência e os formigamentos das mãos e pés. Noites seguidas mal dormidas. Cansada de acordar moída, tentou de tudo: remédios, calmantes, chás e vinhos. Todo dia apagava e acordava horas depois, feito quem dorme minutos. Vieram os problemas de memória, concentração. Não conseguia ler nem sequer um artigo curto de jornal. Lia e relia e esquecia o assunto. Peregrinou pelos consultórios: clínico geral, ortopedista, reumatologista, neurologista, psicólogos e terapeutas de todos os tipos; tentou até acupuntura. Lembra do médico que riu quando ela disse: pergunte onde não dói. Era sério. Costas, coluna, bunda, bacia, joelhos, cotovelos, pescoço. Dor que dança no corpo. Se move das canelas às costas e nuca. Dói até atrás dos olhos. Não abraça e não se deixa abraçar. Dizem que é exagero, que quer atenção. Chamam de louca e, às vezes, ela acredita. Perdeu emprego, marido, amigas e amigos. Não teria filhos, era uma decisão.

Aparelho ligado e, no ouvido, um ruído contínuo. Aquelas máquinas, aquelas pessoas vestidas de branco, continuarão suas funções e vidas sem sua presença; talvez o gato sinta alguma falta. Lembra dos pelos negros roçando os dedos. Ameaça erguer cabeça e ombros, mas não. Pensa e não quer pensar. Não consegue. Aceitaria se encontrasse em tudo isso um motivo. Pede que, se houver mesmo um Deus, que lhe mostre o porquê disso tudo. Inveja de quem encontra um sentido na religião. Queria ter o hábito de rezar, crer em algo maior. Um zumbido, uma sensação de sufoco, falta o ar, a bile revira, a boca seca. Sente uma incontrolável vontade de se mexer.

Acabou, diz a voz que sai do alto falante embutido na máquina. A esteira se move lenta. A claridade ofusca a visão. Levanta o corpo. Se arruma na sala ao lado. Veste o sutiã que não tem bojo, nunca gostou dos enchimentos, mas tem arame, por isso tirou. Retoca o batom com dificuldade. As tarefas mais simples se tornaram árduas. Laça um lenço vermelho no pescoço, combina o cabelo. Tem sol lá fora, mas ali faz frio. Sai decidida. Pega os exames das mãos de um jovem médico de gel no cabelo, que lhe sorri. Não retribui.

Antes de sair da clínica, passa na cafeteria. As cores quentes das paredes lhe agradam, pede um *capuccino* e um pedaço de bolo. Enquanto espera, rasga o lacre do envelope e puxa as lâminas escuras com as imagens acinzentadas. Cada parte de seu corpo visto por dentro: órgãos, ossos, músculos, nervos, tecidos, fibras e veias. Para a vista numa imagem inesperada. Repara. Coloca os óculos de leitura. Aproxima. Uma mancha no meio do seio esquerdo, próxima ao coração. Os traços são claros. Não tem dúvida. É a face de Cristo, em todos os detalhes: da coroa de espinhos à barba rala.

Quando a atendente traz o pedido, repara um pequeno crucifixo de ouro no pescoço longo dela. Por favor, você está vendo algo aqui? E aponta a mancha clara na imagem escura. A outra finge um sorriso e diz com a voz baixa, que não era enfermeira, que só trabalha servindo café. Ela insiste: mas você não vê nada aqui? Olha direito. Aqui ó.

Volta ao setor do exame e encontra o médico jovem do gel. Mostra o exame e aponta a mama esquerda. Está vendo aqui? O que é isso? Desculpe senhora, não avalio os resultados, eu apenas acompanho os exames. Você deve falar com seu médico. Ela volta para a mesma mesa na cafeteria. Liga para o médico que pediu os exames e a secretária diz que ele só poderá atender na próxima semana. Insiste um encaixe, que é urgente, tem que ser hoje. A outra pede um momento. Consegue para amanhã, primeiro horário. Satisfeita, desliga. Levanta e sai sem tocar no bolo e no *capuccino* já morno. Caminha duas quadras, vê a torre alta de uma igreja. Decide ir até lá. As portas abertas e ela, que nunca foi de igreja, entra. Observa as estátuas coloridas, busca o rosto conhecido. Chega ao altar e vê os detalhes da face sofrida do Cristo. O sangue esculpido escorre parado. Os olhos talhados em madeira pintada. Senta no primeiro banco e tira o exame de dentro do envelope. Levanta contra luz que transpassa os vitrais. Compara. Não pode ser, mas é igualzinho. E, nessa hora, ela se dá conta de que da cafeteria até a igreja, até aquele altar, não sentiu dor. Nenhuma. Nada.

DIÓGENES

Pra ser sincero, eu tinha pena do velho, nunca fez mal a ninguém. Os garotos debochavam e cuspiam quando ele passava; os mais idiotas atacavam pedra, mijavam em garrafas e jogavam nele. Eu tentava impedir e me xingavam de porco, maluco, mendigo, marica. E levava sempre uma bela surra. Entrava em casa escondido, sangrando, às vezes, com as roupas manchadas. Minha mãe perguntava e eu mentia que caí na rua, que separei uma briga na escola. Nunca contei ao meu pai quantas vezes apanhei por defender o vizinho.

Seu Diógenes colecionava lixo. Revirava os sacos nas calçadas do bairro feito cão faminto. Recolhia objetos plásticos, papel, papelão, latas e garrafas, violão sem cordas, pedaços de estofados, cadeira sem encosto que vira banco, panela sem cabo, livro faltando página, cotovelo de cano, torneira quebrada, mamadeira sem bico, corda com nó que não desata, boneca sem cabeça, vasos de cemitério, ventilador faltando hélice, lâmpada queimada, estátuas de santos, lajota partida, quadro sem moldura, pedaço de azulejo português, monitor de computador quebrado. Vasculhava cada saco tendo o cuidado de não esparramar lixo pela rua. Havia uma certa regra e organização por cores, tamanhos e tipos. Não era uma coleta de reciclagem. Ele não era um carroceiro, não vendia ao ferro-velho. Diógenes arrumava tudo de forma a caber mais lixo a cada viagem. Eram três por dia, inclusive sábados, domingos e feriados. Sem descanso. Retornava com o corpo mais curvado, empurrando um carrinho de mão enferrujado, cheio do entulho recolhido. Entrava na casa e não se via mais o velho, apenas uma luz fraca na sala, alguns sussurros e o barulhinho dos ratos correndo de um lado pro outro.

Diziam que o velho era louco de pedra, que ficou assim depois que perdeu pai, perdeu filho, perdeu esposa, perdeu dinheiro, perdeu emprego, perdeu carro, perdeu o amor. Que a loucura foi o refúgio. Passou a beber, parou de comer. Mas ninguém sabia ao certo a verdade de como e quando tudo começou. Muitas vezes quis perguntar, mas nunca tive coragem.

Um dia entrei na casa de portão baixo sempre aberto. Ninguém invadia, ninguém rouba o que se encontra na rua, no lixo. O jardim malcuidado, onde o mato persistia em meio à imundice. A porta destrancada, bastava empurrar; passei o batente e era difícil de andar, sacos amontoados por todo lado, apenas uma trilha estreita permitia a passagem entre a sujeira. O chão escorregadio, sacos de entulhos ocupavam toda a sala. Bitucas jogadas pelos cantos e eu nunca vi o velho com cigarros na boca. Havia uma enorme torre de listas telefônicas velhas rasgadas. Um sofá caindo aos pedaços. Roupas sujas por todo lado. Fezes dos ratos, baratas e muitas moscas. Um cheiro podre, algum bicho morto. O fedor era tão forte que tive ânsia de vômito três vezes. Na quarta, corri até a cozinha e vomitei dentro da pia, em meio a restos de comida, talheres e pratos imundos. Meus olhos ardiam. Parecia uma casa abandonada, paredes descascadas, manchadas de mofo. Cimento exposto entre ladrilhos verdes encardidos. Entrei no quarto e uma luz vinda da fresta da janela iluminava um cenário decadente. O armário de portas abertas, abarrotado de sacos. Não tinha cama, apenas um colchão no chão, sem lençol, com roupas amontoadas; ao lado, um balde azul de onde saía um forte cheiro de urina. Voltei percorrendo um pequeno corredor e uma porta quase fechada atraiu minha atenção. Entrei e acendi o lustre alto com luzes apontadas pra todos os lados. Um quarto sem móveis, apenas montanhas de papéis e sacolas pelo chão. E as paredes repletas de fotos coladas num enorme painel que forrava os quatro lados do cômodo. Novas, antigas, amareladas, preto e branco, com moldura, rasgadas, coladas com fita, todas expostas, limpas e bem cuidadas. Famílias inteiras, casais comemorando, se beijando, paisagens naturais, gente posando ao lado de carro, cachoeira, praias, estátuas, montanhas. Fotos de todos os tipos e tamanhos. Reparei algumas na parede do interruptor, não reconheci o seu Diógenes em nenhuma delas. Achei o velho ainda mais doido. Foi quando ouvi o barulho das rodas do carrinho parando no portão. Apaguei a luz e saí apressado. Tirei o dinheiro que trazia no bolso de trás da bermuda, afastei algumas coisas que estavam amontoadas sobre o tampo da mesa da cozinha e deixei as cédulas sobre o espaço liberado, onde pousei um copo cheio d'água em cima. Saí pela porta dos fundos, que também estava destrancada. Passei por um pequeno quintal cimentado, dei a volta por um corredor externo e, quando o morador entrou na casa, corri sem olhar pra trás, pulando montanhas de entulho.

Meu pai nunca perguntou se consegui entregar o dinheiro. Nunca entendi por que ele ajudava o velho. Em casa, o assunto era proibido. Quando minha mãe comentava alguma nova fofoca sobre o vizinho da esquina, o pai fechava a cara e se isolava no quarto, às vezes, batia a porta ao entrar.

Ontem, levaram o seu Diógenes. A vizinhança toda em volta da velha casa. Ninguém fez nada, nem meu pai. Tiveram que dar um remédio numa injeção, porque ele se debatia. Vestiram uma camisa de força e ele se foi, abraçado a si mesmo. Foi o que disse, rindo, a dona Carmen, que mora na casa da frente. Foi ela que ligou pra prefeitura e fez a denúncia.

A PERCEPÇÃO DE SI

Desperto, viro o rosto e percebo que estou sozinho na cama. Acho estranho e chamo por ela; sem nenhuma resposta. Chamo mais alto, nada. Levanto, vou ao banheiro, vazio. Vasculho os outros cômodos, nada nem ninguém. Ligo e o celular toca e vibra na mesa de cabeceira. Em cima do colchão, o pijama e os lençóis entrelaçados. Às vezes ela tem insônia, mas pressinto que não é o caso. Na minha cabeça, o sonho estranho em que ela se desfazia e sumia enquanto transávamos. Três da madrugada, visto jeans, camisa suada e os sapatos. A névoa fina e o silêncio me acompanham, dirijo no bairro, rua de cima, de baixo, circundo a praça, abordo desconhecidos, mostro a foto, nada. Ligo e acordo os amigos, parentes, ninguém a viu, ninguém conversou com ela nas últimas horas. Passo na delegacia. Quando foi? Teve bate-boca? Agressão? Traição? Assina aqui e vamos ver o que podemos fazer. Já é sol quando saio; depois de horas perdidas, volto cansado para casa, as vistas escurecem e apago na poltrona da sala.

* * *

Me vejo revirando armários, mesa, sofá, gavetas de talheres, caixa onde ela guarda as calcinhas, compartimentos da geladeira; procuro pistas, um bilhete, mesmo que escrito adeus. Ouço batidas e a campainha: só pode ser ela. Abro sorrindo e dou de cara com meu pai, barba rala branca e os olhos que herdei. Ao abrir a boca pra falar comigo, o corpo dele evapora dos pés descalços à nuca lisa, em partículas rarefeitas.

Acordo, suando.

Me enfio na ducha fria e não me movo, deixo a água escorrer. Saio do banho sem me secar; vou até a sala, disco na polícia e ninguém me atende. Centenas de mensagens no celular e nenhuma pista. Sinto fome, preparo algo rápido e, enquanto almoço, meu irmão liga. Diz que a mãe não está bem, não dá detalhes, só pede que eu vá naquele minuto pra casa dela. Vou sem terminar de comer. Quando entro na sala da casa, encontro minha mãe chorando, os olhos inchados, a cabeça branca entre as mãos. Ele sumiu! Ele sumiu, meu filho! Abraço o corpo frágil, sinto seu cheiro, peço que se acalme. Ela conta o mesmo que contou pro meu irmão, que o pai estava de pé, próximo à geladeira, conversavam e, de repente, ele sumiu, assim no ar, e levanta as mãos gesticulando. Minha cabeça rodopia; lembro do sonho-pesadelo do meu pai sumindo diante de mim. Vou à cozinha, abro a geladeira, pego a garrafa d'água e me sirvo. Bebo diante da porta aberta pra me refrescar. Meu irmão chega e pergunta se também acho que a mãe está louca, acredita que o pai fugiu com alguma amante, que a gente já sabia das traições dele e que a mãe não merece isso. Peço apenas pra que fique com ela, que vou atrás do pai. Saio com a certeza de que será mais uma busca inútil. Enquanto dirijo, lembro dos sonhos estranhos, dos desaparecimentos, da minha culpa ao sonhar com essas pessoas que tanto amo e que somem. Questiono minha sanidade, não é possível isso. Mas, por precaução, decido ficar sem dormir.

* * *

Passo dois dias acordado à base de estimulantes e energéticos; no terceiro, desmaio no sofá. Identifico um quarto conhecido, paredes verdes de teto baixo e sei que não é real. Tento acordar. Me agito, tento sacudir o corpo, me debater. Vejo meu irmão se aproximando. Faço jeito de correr, mas as pernas não respondem. Ele sorri e quando tenta me dizer algo, se desfaz devagar. Então consigo acordar; abro os olhos e ligo pro celular dele, que não atende. Uma, duas vezes e nada. Me visto rápido, guio em direção ao apartamento do meu irmão, talvez dê tempo. O porteiro, que já me conhece, não impede minha entrada, nem anuncia. Toco a campainha, chamo, bato, chamo mais forte, esmurro, jogo o corpo contra a porta, três tentativas e na quarta rompe o batente. Entro e encontro a tevê ligada, uma lata meio cheia de cerveja choca e quente no braço do sofá e roupas deitadas no centro do estofado comprovavam minhas suspeitas. Sem energia, sento no sofá. Penso em minha mãe, agora somos só nós dois.

* * *

Estou a horas tentando pensar numa solução, circulando pelos cômodos como estratégia pra não dormir. Jogo água no rosto. Na cozinha, deito no piso frio, luto pra manter os olhos abertos uso as mãos, os dedos finos feito pinça abrindo-os. Tento me levantar, mas as pernas fraquejam. O corpo pede um descanso. Tremo e me arrasto, estico a mão espalmada e não alcanço o tampo da mesa. Apoio joelho e cotovelo esquerdo e num impulso amparo o corpo na cadeira. Ergo a cabeça, percebo o vulto que me observa do umbral de entrada da cozinha. Se aproxima em passos lentos, reconheço minha silhueta e vejo o meu rosto começando a evaporar.

RECEITUÁRIO DE AGRADECIMENTOS

À Eliane Luísa Lopes, companheira de todas as horas, que embarca em meus delírios e devaneios.

À Dalva e Osmar, que conhecem minhas síndromes desde muito cedo.

Ao amigo e editor Marcelo Nocelli, pelo apoio, pela acolhida e por compartilharmos da mesma doença literária.

À amiga e mestra Andréa Del Fuego, pelas anamneses e por me acompanhar neste tratamento.

A Paulo Scott, Wellington de Melo e Marcelino Freire, pelas prescrições cirúrgicas.

Às companheiras e aos companheiros de tratamento: Aline Saraiva, Ana Crélia, Dani Arrais, Karina Buhr, Márcia Huber, Mônica Fernandes, Renata Toledo, Rita Vania e Yara Maya. Lara Galvão, Toni Marques, Roberto Soares, Amanda Dall'Oca, Cecília Santana, Tânia Casella,

Thaís Giammarco, Renato Dias, Ivan Nery Cardoso, Giu Jorge, Susan Ritschel e Jonathan Constantino.

E a você que me lê. Fique bem. Fique são.

Este livro foi composto em Minion Pro
e impresso em papel pólen bold 90 g/m²,
em outubro de 2022.